novum pro

AF159613

SÁGI BÉLA

Portré

novum pro

Minden jog fenntartva,
beleértve a mű film,
rádió és televízió, fotómechanikai
kiadását, hanghordozón és elektronikus
adathordozón való forgalmazását,
valamint kivonat megjelentetését, illetve
az utánnyomását is.

Nyomtatva az Európai Unióban
környezetbarát, klór- és savmentes,
fehérített papírra.

© 2025 novum publishing gmbh
Rathausgasse 73, A-7311 Neckenmarkt
kiado@novumpublishing.hu

ISBN 978-3-7116-0862-8
Lektor: Sósné Karácsonyi Mária
Borítókép: PenzerPix
Borító, tördelés & nyomda:
novum publishing

www.novumpublishing.hu

Van a minden.

Van, hogy csak egy toll...

Szülőfalvam

Hol felcseperedtem s ébredtem.
Ébredtem tanra, s létre.
Tanultam, mert tanítottak.
Kik voltak ők?
Tán láttak jót, s szerethetőt.
Nevelhetőt, ki befogad.
Befogad tudást s érzést,
Hogy majdan ő is felelősen létezzen s érezzen,
De ne ítélkezzen, viszont ha kell, cselekedjen.
Tegyen, alkosson, gondolkozzon.
S megbocsásson.
Még akkor is, mikor habzó szájak mardossák lépteit.
Eljő majd az idő, mikor békét lel a megfáradt s tépett Vándor.
Mert van lant, még ott van a kézben.
S húrjai még épen, készen… Egy utolsó szimfóniához.

Tova

Poros utat jártam.
Só és fűszer után kutatva
leltem a sűrűben kövezett
utamra.
Gallyakat hajtva indultam,
Lábam rőzse s egres szabdalta,
melynek íze vérrel itatva
zamattá vált csendben s titokban.
Rögökön át léptem, arcom a földnek
szegezve, feszítve testem maradék erejét.
Fáradt fejemet felemelve kiáltok a
végtelenbe...
Tán lesz, ki meghallja e mesét.
Csend van...

Megtöri kicsiny léptek hangja,
Földre szállva áll ő előttem.
Szemeibe néztem, s szerettem.
Hangja, mint lándzsa hatolt belém;
így engedve szabadjára láncra vert lelkem.
Kiáltásom meghallván,
Könnyes szemmel borul reám.
Fülembe suttogva: Jöjj,
Szeress, hogy szerethesselek;
Jövődben szívednek lehessek;
Lelkedet ringathassam, s az égnek kiálthassam:
SZERETLEK!
Szemeibe nézvén mosoly fakad
orcája szélén.
Kezét nyújtván talpra segít;
Csókot adván tovarepít.

A csend

Mikor látom a természet csendjét,
S hallom a békéjét,
Megnyugvást hoz.
Lelkem harmonizál
Mindazzal, mi körülvesz.
De a magány keserűsége
Megtöri e békét,
S kiáltásom csak én hallom.

Csend

A természet csendje a pillanat varázslója,
Mely most mindent maga köré ölel.
Az erdő is rezzenéstelen.
Mintha fogadalma
A némaság volna.
Ebben a csendben
Létezésem értelmét, érzem, meglelhetem.

Egyetlen csendes perc

Ültem, csak ültem a fák alatt.
A tavasz köszönt, a nyár még csak inteni sem akart.
Egyetlen csendes perc.
Még nincsenek fesztivál-felépítmények,
Melyek fényei alatt
Szívem nap nap után porrá hamvad.
Nem...
Nem vesztek el az érzések,
Csupán más lett.
A túlon mindkét oldal
Válogatja belépőkártyáit.

Nesztelen

Még perzsel a Nap,
De ideje már fogytán,
A fűz levelei lassan hullva,
Vízbe érvén átázva
süllyednek mély álomba.
Kelőben a Hold,
S konok mosolya lett a napnak siratója.
A víz partján ragadt leveleket
Lábak tapossák,
S porrá zúzódva festik a tájat
Mindenhol bíborrá.
Felére fogyott a Hold.
Vörösre festve tündököl.
Lassan ő is átadja helyét
A csillagokkal teli, végtelen világnak,
Hol a kóborló lelkek
Végül békét lelnek.
Hideg van,
Hideg.
Emlékszem, volt meleg.
Egykor, a tűz mellett.
Perzselve. Merengve.
Nesztelen.

Ott leszek

Mikor egyedül leszel, s felölel a magány
A csillagokat nézve bizsergő nyári éjszakán,
Gondolataid tengerében
kirajzolódik előtted arcom,
Én ott leszek...
Örökkön-örökké.

Vándor

Hajnaltájt lehetett, mire a vihar levonult.
Lassacskán a felhők mögül kibújt a nap, s fénye
beterítette az egész vidéket.
A napraforgó is követte.
Egy aprócska pont tűnt fel a messzeségben,
S egyre csak közeledett.
Mikor mellém ért, üdvözölt.
Vándor volt ő,
homokszem a sivatagban.
Egy gondolatot osztott meg velem:
Ha most éget is,
Itthon otthon vagy.

Elveszve

Elveszve a világban,
kavalkádjában,
Káosz uralkodik felettem.
A problémák nem láttatnak
Megoldást.
Kétségbeesés.
Keresem kiutam,
Fohászkodom,
Nem hall senki.
Fohászkodom.
Érzem, lesz...
Keresem.

Új kezdet

Csendben lépkedek az utcán,
Képzetek és árnyak közt.
Gondolataim tengerében
Egyre mélyebbre s mélyebbre
Süllyedve
Tárul elém a mélység,
Melyben már látom
Utazásom sokszínűségét.

Jelek

Jelek kísérnek.
Van, hogy álomban,
Van, hogy pillanatokban,
Mit már egyszer láttam.
S úgy tűnik,
Van út, mit már megjártam.
Figyelek, nem bántanak.
Jelek.

Egyedül

Magányos lett a reggel,
Újra egyedül keltem.
Társ a jelenben,
Csak átmeneti helyzet.
Egyedül vagyok.
Próbálok vele együtt élni.
Érzés nélküli arcok
Kóvályognak körülöttem.
Érzem, van jó és meleg érzés is.
Hiszem jelenlétük.

Magam

Csendben ülök szobámban, magamban.
Nincs különbség keserűség és boldogság között.
Üres itt belül minden, és szürke.
Cigaretta füstöl el lassan, ég le végleg.
Hamuja színe, mint a harmóniám,
Nem értem a jelent.
Várom a jövőm.
Boldogságot, szerelmet, vagy netán magányt.

Képek

Ott álltam szobám ajtajánál, s csak tűnődtem.
Szépségen, érintetlenségen, s magán egy csodán, mi
nyugvóhelyemen
csendben s nesztelen pihent.
Nem szóltam, s nem bújtam oda,
itt a bohém nem illő, e mivoltra.

Hello

Hello, még mindig élek.
Bezárva önmagamba.
Nap mint nap.
S a nap napot követ.
Soha nem áll meg,
mint gondolataim sem.
Tűnődöm az emésztő múlton,
élem a jelenem,
s álmodom a jövőről.
Beszélek hozzád, olvasó,
tisztán és érthetően.
Homályossá csak én tehetem
előtted az életem.

Belső félelem

Amitől félek, a fájdalom.
Amitől szenvedek, a csalódás.
Szükségem van szeretetedre.
Lelkednek fényére,
Mely engem is tovarepít.

A fény

Hajnalodik.
Fátyolban ül a köd a berekben,
Mint a bánat szívemen.
Félek, lassan száll fel.
Várom napnak sugarait,
Mik egy pillanat alatt
Törik fel.

Legyen

Csendben, békében
Üldögélek éppen,
S gyertya lángja hoz fényt
a sötét éjben.
Egyedül vagyok.
Üldögélek éppen,
Merengek,
S a csillagokat nézem.
Eleget merengtem
Jelenen és múlton.
Indulnom kell,
Most egyedül az úton.
Az égre tekintve kérem...
Legyenek velem, ha csak annyira is,
hogy legyen egy kis
kenyerem.

Érzés

Minden egyes pillanat, minden egyes perc,
mely elmúlik az életből, csak egy emlék.
Emlék, melyet felidézve
olykor megborzongok,
talpamtól egész a fejem tetejéig.
Ez a bizsergés pezsgeti szét a szürke valóságot,
S mint a felfelé törő buborékok, tör föl bennem
A szeretet.

Tudod is te...

Tudod is te,
milyen, mikor szeretek.
Észreveszed-e szememet,
látod benne lelkem hevét?
Talán egyszer megérted, hogyan
szeretek, epedek, igaz, olykor szenvedek,
de teszek,
s nem feledem felem.
Mert egész csak veled lehetek.

Álmodtam

De felriadva homlokom
fogom, s könnyek hűsítik arcom.
Fáradt vagyok.
S boldog is.
Apa leszek.
S szerelmemért mindent megteszek.
Ezen könnyek viszont
nap nap után fakadnak.
Mit biz' a boldogság fakaszt.

Isten éltessen

Mit látsz e napon?
Emlékeket,
Melyek filmtekercsként peregnek le.
Örömöket,
Melyek most is mosolyt csalnak arcomra.
Zenét,
Olykor életem ritmusa,
Olykor bánata, könnyeim hordája...
Vagy örök melódiája.
Mit látok e napon?
Problémákat.
Na, ezzel ma nem foglalkozom.

Miért hitetted...

Mondd, miért szerettél,
Ha csak te repkedtél,
Virágoknak szirmain?

Miért hitetted el,
Hogy a nap most kel fel
A szirmoknak szárain?

Megmutattad a napot,
Mely szívemig hatolt,
De porrá vált rostjain.

Út

Hol jársz, asszony, ki hozod boldogságom?
Merre bujkálsz, ki utamat vezeted?
S hová tűnt mindaz, mi tegnap még jó volt,
De mára csak egy keserves lüktetés?
Tán itt az idő elindulni,
Meglehet.

Utazás

Hosszú út ez.
Társaságom egy hölgy, ki mellettem
ülve kísér.
Bár nem hallgatag,
Ez most nem zavar.
Mintha a végtelenbe tartanánk,
akárcsak útitársam történetei.
Mégis valami furcsa érzés kavarog bennem.
Hová visz az út,
a végtelen felé...
Mintha nem mennék sehova.

Néma pillanat

Meghittség borul szívemre,
mikor a Kárpátok képe
tárul szemem elé.
Mit a természet nyújt,
s mit e táj ad.
Béke, mit szívem kap.
Egy érzés, mely, remélem, sosem távozik.
Egy gondolat, mely felemel.
Köszönöm, hogy itt lehetek.

Drága gyermekem

Én kincsem,
S majdan mindenem.
Egyetlen jelene
Létemnek.
Édesapaként írok neked,
Tudatva veled szerelmemet,
Mely te vagy.

Apeva

Az
Utat
Meglelvén
Tovaszállunk
Csillagösvényen.

Haiku

Emlékszem, mikor
a becsületkódex nem
csak mint tézis volt.

Magányosan

Mikor ágyamban riadtam,
hajnaltájt lehetett.
Körülnézve köd szállott le rám, mely minden irányból
belepett.
Visszabújtam ágyamba, s azonnal aludtam.
A köd elillant, de magam alatt láttam.
Felhők közé szálltam, egyre feljebb. A nap szinte égette
bőröm.
Szabadnak éreztem magam.
Utam során egy angyalt pillantottam meg,
ki egy felhőn üldögélve nézett alá a mélybe.
Göndör hajába a szél bele-belekapott.
Sugárzó tekintete belém égett.
Közelebb jött, elém lépett,
A fülembe súgott valami szépet,
S nem hagyott szívemnek kétséget.
Ő az.
Mikor belépett az ajtón, vakító fény fogadott, melyre már
azt hittem, sosem múlik.
Lágy hang üdvözölte jövetelem, melynek csengése
bizsergéssel árasztotta el testem.
Lassan egy alak rajzolódott ki előttem.
A fény fokozatosan húzódott vissza, s újra látni véltem
magam körül a világot, mely megtorpant szemei láttára.
Az idő is megállásra kényszerült, midőn az ajkak
mosolyra fakadtak.
Minden bátorság és erő feltétel nélkül adta meg magát.

Nem értem

Keservesek e percek.
Szerelmem nem lelem.
Nem értem.
Elment.
E reggelen.
Lelkét levélbe rejtette...
„Nem ébredek melletted."
Nem értem.
Nem élt e szerelem végtelennek tengerén.
Nem lelte helyét?
Én szerelmem kezedbe helyeztem.
Nem értem.
Szerelmed te nem emeled kezedben felém.
Szellemek keserves éneke egyre beljebb fejemben.
Mennek, mennek,
Mélyebbre s mélyebbre.
Léptek...
Csend.
Léptek...
Szellemek nesze!?
Szerelmemé?!
Belép.
Szerelmem!
Kedvesem,
Nem értem keserves szemed.
Kenyeret vettem.
Mert ezt szereted.
Melegen.

Homlokra adott csók

Mely e világon köszönt.
Mi e világon oltalmazza botladozó lépteink.
Vélünk van, mikor sírva térdeplünk a kavicsos úton.
Kísér bennünk', mikor hátunkra vesszük fel a tudás terhét.
Mikor ünnep, ha csak ballagunk, s lépkedünk
egyre jobban s egyre sebesebben.
Végre táncolunk.
S tán már mi is csókot adunk,
mely a világot köszönti.
Eljő!
Csókot adunk.
De nem véle áruljuk el, kit szeretünk,
Pusztán szeretünk.
Csókot mi homlokra vetni, hisz' őszinte,
Mint a pusztába kiáltott szavak.
„Remélem, nem hallotta más."

De tudjátok mit? Hadd hallják,
hogy létezni, érezni s szeretni egyaránt lehet,
Mint csókot homlokra kapni.
Hisz' akkor mindenki nevet s kacag.

Az élet életet lehel.
Melyet idővel e csók búcsúztat.
Leheletnyi finomsággal száll tova
A pusztán.
Köszönt, mosolyog,
S csókot vet.

Vége

Gyermek, ki nem látja az út végét,
Kétségbeesve keresi a fényt,
Hogy megtalálja.
Szólítja a fény, de ő nem jön.
Sötét van.
A gyermek elindul, majdcsak vége lesz.
De aki látja?!

Te...

Távol vagy, mégis oly közel.
Beleremegek, hogy elveszíthetlek;
Pedig sosem fogtam még kezedet.
Itt látlak magam előtt,
S te nem itt vagy.
Várok.
Rád...
Veled szeretnék lenni.
Bűn ez?
Ha igen, elfogadom.
Hisz' ártatlan és törékeny.
Szeretni szeretném...
Szeretve ölelni.

Türelem

Ma valahogy nem várom a napokat,
Melyek csak jönnek s távoznak.
S nem hozta meg az álmokat
a holnap.
Öreg utat taposok.
Leheletnyivel a mélység felett.
De előre tekintek.
Bele a végtelenbe.
Megállok, s merengek.
Mi vár reám ezen öreg úton.
Nem merengek tovább.
Megyek.

Őszi kezdet

Még egy nyár elszállt.
Nem szólt, hogy jön, de távozását bejelentette.
Most venni csak észre,
milyen üres lett minden.
Kívül s belül egyaránt.
Szerelmet kerestél,
de csak üres poharakat
és eltaposott cigarettákat találtál.
Nem kellettél senkinek.
Egyedül vagy,
míg talán változást nem hoz
ez a kezdet.

Őszi kezdet 2.

Újra csendes lett minden.
Vártuk a változást, de nem jött.
Lehet, hogy itt volt,
akkor csendben.
Ürességből ürességbe.
Egy pult mellett üldögélve,
Korsót ölelgetve.
Ej, hát üres még ez is!

Esti találkozás

Nyolc óra tájt lehetett, mikor belépett az ajtón.
Lépteit szélvihar követte, mely átgázolt mindenen.
Beszélgetés követte a tomboló szelet, mely lenyugodni látszott.
De az este hangulatváltozása még várt valamire, amely még szunnyadt, de lassan felszínre tört.
Komoly tekintetek meredtek egymásra, melyek végül könnybe borulva csillogóvá tették az arcokat, hozták a fényjátékot, amely derűlátóbbá tette a kezdetbeli letargikus állapotot.
Változás, két lélek megtalálta az ösvényt, mely kivezette őket.
És csend lett újra.

Tükörkép

Tükörképed rajzolódik ki minden női alakban, ki velem
szembejön.
Arcodat formálják a lombkoronák, mik mellett elhaladok.
Lényedet formálják a felhők, szelek szárnyán váltakozva
újra és újra.
Tükörképed rajzolódik ki a víztükrön, mely fodrozódva
mosolyt csal rideg arcomra.
A fodrok csillanó játéka téged idéz,
S örökre csillog szívemben.
Tükörképemet látom...
Egy tükörben, melyet te tartasz.
Felismerem magam,
Szeretném, ha te is látnád, amit én.

Miért háborúzunk?!

Miért háborúzunk?
Ha szeretteinkért, családunkért,
szerelmünkért, akkor legalább
a halálunk őszinte,
ha életünk nem is volt az.
Tisztán távozhatunk,
s tán ez lesz az egyetlen,
mi boldogan temet el egy katonát.
Vonulhatunk hadba bárki ellen,
ürüggyel térítve el józan eszünk.
Csatát nyerve büszkék leszünk.
Vigadva, örülve,
szomjoltott bosszúra.
Szentebb a mi ügyünk, mint azoké,
kik velünk szemben állnak,
vagy csak ólomkatonái vagyunk a
felsőbb becsvágynak.
Egy kereszt alatt állt Európa határa hajdanán,
De Cortezek által áment mondatott az inkák feje alá.
Ennek hátteréről nem kell tudni,
így a tények elől el tudsz bújni.
S miért van szükség ürügyre,
hogy az igazságot ne vedd szemügyre?

Pincesoron

Megtellett az Uradalom háza.
Nekünk csak a pincében jutott hely,
Egy egyágyas szobában.
A teltház ellenére mégis minden oly néma,
Mint Kodály forradalma.
A szomszédi viszony viszont remek.
Egy férfi,
A másik meg egy gyerek.
A férfi
Egyszer már megjárta a poklot.
Ott még lebontották a szögesdrótot.
Most éppen ott éri végét, honnan elhurcolták,
S itt nem léphetett a szögesdróton át,
Melybe végül belecsavarva, kátrány közé vetve,
jeltelen sírban, arccal a föld felé temetve
Alussza álmát,
S meséli fenn, hogy a Kádár már nem hordót készít.
A gyermek.

Még nagykorú sem volt,
A bitó előtt az előadást várta,
Milyen műsorral szórakoztat
Kádár bábszínháza.
De ahogy az óra a 18-at elütötte,
Egy szereplő, a széket alóla rögtön kilökte.
Voltak vagy 400-an, kik még vártak,
Ki lesz ma táncpartnere a halálnak.
Kezük megkötve,
Több mint felének a kötél nyakát is átszőtte.
De bízva Istenben
Eljön az idő, mikor nem lesz
Játéka a bábnak.
Akkor igaz lesz
1956
A világnak.

Szabadság

Apáink álma,
jelenünk vágya
Láncra verve kiált
e világba.

Őseink, kikben
Hit s tett lakott
„egy szebb jövőért",

Hittek asszonyban,
magukban, egymásban,
hazában.
Nemzetben s emberben,
Szívben s becsületben.

Megértjük, mit e szellemben
hagytak,
Halljuk hangjukat...?
Mit mondanak nekünk?
Mit teszünk e tudással...?
Sorokba zárva polcra tesszük,
vagy értékeljük a múlt intő szavát?

Hol a hon véd,
Mi őt ugyanúgy,
Mint anya a
Gyermekét.

Karjaiba zárva...
Fehérben kísér
a bíborba öltöztetett
zöld ágyba.

Naplók sora

Boldogasszony anyánk
Vigyázza örök álmotok,
Kik a legdrágábbat értünk
A hazának adtatok.

Virágokkal díszített peron
Intett búcsút nektek.
A bajtársakon kívül
Csak az asszony utolsó csókja maradt,
Ízében a remény, a szeretet.

Nekünk az emlék.
A bajtársak naplója,
Hogy egy szót még
Hallhatunk róla.

De keserű, mit a penna papírra vésett,
Egy golyó a szívénél ütötte át a vértet.
A virág, mely egykor a peront borította,
Fejfának lett a takarója.

Mellette naplója.
Benne, hozzánk is szól utolsó
Pár sora:
Bármi is jő,
Ne féljetek,
Emlékezzetek,
Higgyetek,
És szeressetek!

A helyes útról ne térjetek le soha,
Még akkor se,
Ha bemocskol annak pora.

Szeress...

Az egyetlen titok e világra.
Nézz köribéd,
Mi hoz ma már örömöt.
Már minden tárgy, bútor
Kellék, de semmi, mely a szívet körülölelvén
Egyszerűen kifejezné
Azt az egyetlen aprócska dolgot,
Mit megfogni nem lehet.
A szeretetet...

Formázott bölcső

Dolomitok formázták bölcsőmet.
Így érték lábaim először e csodás földet.
Ott élek,
Ahol tenger formálta a látképet.
Kőbe rejtve őrzi múltját,
Mit hajdan kecskeköröm kapirgált,
S hol ma ember lépked,
Víz mosta ki azt a szirtet,
Melynek tetején
Egy kápolna pihen.
Öltözteti őt
Minden kortárs.
Időtlen... Időtlen,
De rendíthetetlen harmóniája
Nem visel semmit.
Rajtunk kacagva öltözteti magát,
Állva szerényen,
S levedli a nem kellőt,
Mint az idő az időtlent.

A kis kápolna őrzi emlékét
40 halásznak.
Kik hálából az Isten felé emelték.
A béke hangja veszi körül.
Ma is hallod...
Csak mikor szél támad,
Ereje minden
Víznek korbácsa!

Akkor
Megtöri a csendet
A tenger... A magyar tenger csobogása,
S még viharverten is
Lelkemnek mentsvára.
Mikor a vándor útjába téved,
Csak egy sóhajt hallani.
Ezt a dombot meg kell mászni.
Nem mindennap látni
Ily' egyedülállóan szépet.
Ha megannyi ösvény
És fösvény is keresztezi útját,
Marcangolva lépked tovább,
S fáj minden vágás, mit visel.
A lombok alól
Magát már láttatja,
és a csepőte sem takarja,
Előtárul
A halászok kápolnája,
És a tenger... a magyar tenger
ámulatba ejtő látványa.
Szívemnek örök nyugvása.

Karácsony

Szeretettel nézve gondoljunk most egymásra.
Tiszta szívvel és áhítattal,
Mely ne múljon el soha.
Eljött a karácsony.
S ha nem is fehér,
Szívünk örökké maradjon az.
Borúra örömmel válaszoljunk,
S ezt érezzük át,
Mert általa válhatunk teljessé, igazzá.

Éveket nem feledve,
A szeretet rügyei előtt üldögélve
Gondoljunk a családra,
Kik ott vannak mellettünk,
S a napokat velünk együtt élik.
Vagy a barátra, ki reszketve
nyújtja kihűlt kezét,
melegségre vágyva,
Csak hogy ne érezze, milyen
a szeretet hiánya.
Emlékszünk, mikor gyermekként
csodáltuk az aláhulló hópelyhek szépségét,
melyek még bensőségesebb hangulatot
varázsoltak az ünnepi asztal köré.

A fehérség lassan mindent beborítva,
Az ajtóra vigyázva,
megnyugvással altat.
Tudatában annak,
E napon kisded született.
Ki értünk keresztre szállva,
Kezeit kitárva
Várja,
Hogy minket karjaiba zárva
Kísérjék oda,
Ahol minden áldott.

Szeretni!

Szeretni akarlak!
Ölelni.
Az univerzum oly nagy,
De eltörpül az irántad érzett vágy mellett.
Szeretni akarlak!
Csókolni.
Ameddig csak lehet!

Te is

Te is elmentél, mint a többi,
Közben itt sem voltál.

Tartalomjegyzék

Szülőfalvam 7
Tova 8
A csend 10
Csend 11
Egyetlen csendes perc 12
Nesztelen 13
Ott leszek 14
Vándor 15
Elveszve 16
Új kezdet 17
Jelek 18
Egyedül 19
Magam 20
Képek 21
Hello 22
Belső félelem 23
A fény 24
Legyen 25
Érzés 26
Tudod is te... 27
Álmodtam 28
Isten éltessen 29
Miért hitetted... 30
Út 31

Utazás 32
Néma pillanat 33
Drága gyermekem 34
Apeva 35
Haiku 36
Magányosan 37
Nem értem 38
Homlokra adott csók 39
Vége 40
Te... 41
Türelem 42
Őszi kezdet 43
Őszi kezdet 2. 44
Esti találkozás 45
Tükörkép 46
Miért háborúzunk?! 47
Pincesoron 48
Szabadság 50
Naplók sora 52
Szeress... 54
Formázott bölcső 55
Karácsony 57
Szeretni! 59
Te is 60

A szerző

Sági Béla 1982. március 2-án született Keszthelyen. Épületvillamossági technikum és kereskedelmi vendéglátó végzettséget szerzett. A középiskola óta írogat, antológiákban jelentek meg versei, ez az első önállóan megjelenő műve. Kedveli a kreatív tevékenységeket. A helyi koncertfúvós zenekar alapító tagja, emellett egyedi lámpákat készít. Vonyarcvashegyen él élettársi kapcsolatban, egy lánya van.

A kiadó

> *Aki feladja,
> hogy jobbá váljon,
> feladta,
> hogy jobb legyen!*

E mottó alapján a novum publishing kiadó célja az új kéziratok felkutatása, megjelentetése, és szerzőik hosszútávú segítése. Az 1997-ben alapított, többszörösen kitüntetett kiadó az egyik legjelentősebb, újdonsült szerzőkre specializálódott kiadónak számít többek között Ausztriában, Németországban és Svájcban.

Valamennyi új kézirat rövid időn belül egy ingyenes, kötelezettségek nélküli kiadói véleményezésen esik át.

További információkat a kiadóról és a könyvekről az alábbi oldalon talál:

w w w . n o v u m p u b l i s h i n g . h u

Értékelje ezt a könyvet honlapunkon!

www.novumpublishing.hu